AF357251

SURGE GALLIA

POÈME

HENRI DE LUCENAY

SURGE GALLIA

POÈME

PRIX : 2 FRANCS

PARIS

TYPOGRAPHIE GASTON NÉE

1, RUE CASSETTE

1890

SURGE, GALLIA !

O France, douce France, ô ma France bénie !
Rien n'épuisera donc ta force et ton génie !
Terre du dévouement, de l'honneur, de la foi ;
Il ne faut donc jamais désespérer de toi,
Puisque, malgré tes jours de deuil et de misère,
trouves un héros dès qu'il est nécessaire !

H. DE BORNIER.

O France, tu pleurais ! Reine sans diadème,
Tu doutais de tes fils, de tes chefs, de Dieu même
Et l'on doutait de toi !
Où donc, gémissais-tu, sont mes anciennes gloires !
Je remportais pourtant, autrefois, des victoires ;
Mais je suis vieille et l'on n'a plus que des déboires
Pour les vieux comme moi !

Jadis, lorsque sonnait l'appel de la trompette,
Quand la guerre soufflait comme un vent de tempête
          Je relevais le front.
Et si les premiers coups fauchaient dans les prairies
Fantassins, cavaliers, mes troupes aguerries,
Tout à coup s'élevait du fond des Tuileries
          Un refrain de clairon.

C'était la grande voix royale, la voix forte :
François, Philippe, Henri, Louis, Charles, qu'importe?
          La trompe ou l'olifant.
Et moi je tressaillais et ma large mamelle
Allaitait, fille ou fils, un héros digne d'elle,
Jeanne d'Arc ou Guesclin qui soutint ma querelle
          Et revint triomphant.

Alors quand je pensais à compter mes blessures,
Quand je me souvenais d'avoir des meurtrissures,
          L'ennemi n'était plus ;
Alors un *Te Deum* cicatrisait mes plaies,
Et sur les guerriers morts si gémissaient les mères,
Elles pouvaient du moins leur donner pour suaires
          Les drapeaux des vaincus.

J'étais, j'étais toujours si rieuse et si belle,
Si jeune, que mes rois me disaient immortelle,
  Je le croyais aussi :
Tant de siècles avaient passé comme des fêtes,
J'avais vu si souvent, au réveil des défaites,
Mon bandeau fleuronné de nouvelles conquêtes,
  Mon front sans un souci !

Mes bardes m'appelaient alors la douce France,
Mes chevaliers allaient, rayonnants d'espérance,
  Me chercher des bijoux.
Calais, Rennes, Dijon, Bordeaux et la Guyenne
Et, par delà les mers, la presqu'île indienne,
Beyrouth la musulmane, Ottawa la païenne,
  Ils m'embellissaient tous.

Mais soudain est venu le tremblement de terre,
Je ne sais quels bandits à la voix de Santerre
  Ont battu du tambour,
J'ai vu dans un éclair une hache aveuglante
Tomber, j'ai vu rouler une tête sanglante
Et je m'évanouis et je suis défaillante,
  Vieille depuis ce jour.

Oui, mes forces s'en vont ; je ne suis plus féconde,
Ma sève se tarit, dans la tombe profonde
  Je me sens m'abîmer ;
Mes enfants sont chétifs, mes mamelles stériles
Ne savent plus nourrir de jeunesses viriles ;
Il naît dans mes berceaux un peuple d'inutiles
  Impuissants à m'aimer.

Ils ont laissé partout triompher mes rivales,
Elles me dépouillaient pendant les saturnales
  Où Marat pérorait ;
Ils proclamaient les droits de l'homme, à la lumière
De mes châteaux brûlés de frontière à frontière
L'incendie éclairait le divin Robespierre
  Et la plèbe adorait.

Oh ! ce temps ! oh ! ce temps où mon peuple fut lâche,
Ce hideux cauchemar dont je meurs, cette tache,
  Qui pourra la purger ?
Hélas ! qui me rendra ma robe immaculée
Et ma fierté perdue et ma gloire envolée
Et tout ce qu'on m'a pris, l'Inde que m'a volée
  La main d'un étranger ?

L'Anglais et l'Allemand, lorsqu'ils m'ont vue en proie
A la Terreur maudite, ils ont crié de joie.
      Comme un vol de corbeaux,
Ils ont précipité leurs flottes, leurs armées ;
Tous, ils accouraient tous en hordes affamées
Et c'est pourquoi, là-bas, les plaines sont semées
      D'innombrables tombeaux.

Ah ! le bruit du canon me rendait mon génie,
Ils ne se trompaient pas, j'étais à l'agonie,
      Mais ils se pressaient trop :
Quand on veut dépouiller la lionne, il importe
De s'assurer de loin d'abord qu'elle est bien morte,
S'il lui reste un soupir, sa griffe est assez forte
      Pour broyer un bourreau.

Tous ceux qui m'approchaient à longueur de l'épée,
Ils tombaient comme l'herbe à chaque andain coupée
      Devant le moissonneur ;
Le tocsin répondait au glas des funérailles,
Et des guerriers naissaient, qui couraient aux batailles,
Sans même regarder au sommet des murailles
      Quel était le sonneur.

Aux armes! répétaient mes mille campaniles,
Aux armes! et leurs voix bondissaient sur les villes,
　　　Claires comme des feux,
Et, blêmes, les damnés faiseurs de républiques
Se heurtant, se poussant sur les places publiques,
S'embarrassaient l'un l'autre et tombaient sur leurs piques,
　　　Et se tuaient entr'eux.

Quand enfin s'écroula leur échafaud de haine,
Je me crus un instant encore souveraine :
　　　J'avais un empereur.
Quinze ans il chevaucha de victoire en victoire,
Il m'enthousiasmait, il me grisait de gloire,
Hélas! ce fut un rêve et non pas une histoire :
　　　J'étais atteinte au cœur.

Oui, ce ne fut qu'un songe! Oh! mes vieilles croyances,
Mes siècles de bonheur, toutes mes souvenances
　　　Tinrent dans ces quinze ans.
Comme le moribond, pendant l'heure dernière,
D'un suprême regard revoit sa vie entière,
Je me revis croyante et jeune et grande et fière,
　　　Riche de mes enfants.

Oui, ce ne fut qu'un songe ! Oh ! ces courtes années,
J'y pus voir ce qu'auraient été mes destinées
    Dans le long avenir.
Je te portais au front, couronne impériale,
Que devait tôt ou tard, si j'eusse été loyale,
M'assurer à jamais la grande main royale :
    Tu n'es qu'un souvenir !

Vainement ! Vainement, lorsque finit mon rêve,
Lorsque Napoléon s'échoua sur la grève
    Où la mort l'attendait.
Vainement j'eus encor un renouveau de vie,
Vainement je sentis un regain de génie :
Un roi, fils de mes rois, me conquit l'Algérie
    Le jour qu'on l'exilait.

Puis ce fut un chaos : des clameurs, des émeutes,
Des hommes aboyant comme des chiens de meutes
    Quand sonne l'hallali.
Le pouvoir ! le pouvoir ! hurlait cette cohue,
Comme si l'on était puissant parce qu'on hue,
Et que l'on pût traîner le trône dans la rue
    Sans qu'il en fût sali.

Le carnaval dura neuf longs mois, cette année.
Les masques ivres, sur leur foule époumonnée
    Une ombre se dressa.
Ce n'était qu'un reflet du mort de Sainte-Hélène,
Et pourtant, quand son front se leva sur la scène,
Le plus grand à côté fut de taille si naine
    Que le rire cessa.

Le spectre démasqua quelques-uns des pygmées,
Et le monde, en voyant leurs faces dégrimées,
    Tressaillit de dégoût.
On eut pitié de moi, moi la royale France,
Tombée à ce degré de honte et d'impuissance
De laisser insulter à ma sainte croyance
    Par des rôdeurs d'égout.

On eut pitié de moi! La pitié déshonore
Et j'avais en ce temps un peu de cœur encore,
    La colère me prit.
Je ne sais plus combien a duré ce délire,
On l'appelle, je crois, mon deuxième empire :
S'il fut inglorieux, l'étranger peut le dire,
    Ses soldats l'ont appris.

Il me souvient pourtant de quelques noms bizarres
Qui sonnent à mon cœur des échos de fanfares :
    Bomarsund et l'Alma,
Traktir, Sébastopol, et puis la Kabylie,
Puis la Chine et Canton, ensuite en Italie,
Solférino, que sais-je encore? une folie :
    Le Mexique et Puebla.

Hélas! pourquoi chanter ainsi dans ma mémoire,
Fantômes du passé, vains spectres d'une gloire
    Qui n'a pas su durer!
Oh ! se ressouvenir dans les jours de misère,
C'est comme retrouver, après que le tonnerre
A brûlé la maison, une relique chère,
    Et cela fait pleurer.

Voici vingt ans bientôt, vingt ans que l'incendie
A détruit la maison par mes rois agrandie
    Depuis onze cents ans.
Voici vingt ans bientôt qu'à la lueur livide
Du sinistre, j'ai vu passer, ô suicide,
La torche prussienne à la main parricide
    De mes propres enfants.

Et ce sont ces maudits qui règnent. Ils me tuent !
Ce sont eux qui depuis ce jour me prostituent
  A leurs besoins hideux.
Ne savent-ils donc pas que l'on meurt d'infamie ?
Ne sentent-ils donc pas que, dans ma longue vie,
On ne m'a pas appris à subir d'avanie
  Et que j'ai honte d'eux ?

Ah ! quand il ne fallait qu'attendre d'être prête
Pour reprendre l'épée et venger la défaite,
  Je n'avais jamais peur,
Mais aujourd'hui... Grands dieux, est-ce vrai ? moi, la France,
En vingt ans je n'ai pas encore eu ma vengeance,
Faut-il tout renoncer, et même l'espérance,
  Même mon vieil honneur.

L'Alsace, la Lorraine et l'Égypte perdues,
Est-ce assez ? Et mes croix et mes charges vendues,
  Mes magistrats chassés,
Mes prêtres poursuivis, mes gloires ravalées,
Et les Sœurs du chevet des mourants exilées,
Et mes princes bannis et mes lois violées,
  Est-ce assez ? Est-ce assez ?

O Dieu ! combien faut-il de soufflets à ma joue,
A mon royal manteau, combien faut-il de boue,
      De crachats à mon front ?
Combien de Pis-Allers encore à l'Élysée ?
Qui me dira, Seigneur, puisque je suis brisée,
De combien de Wilsons est faite la nausée
      Où les gueux se noieront ?

Quoi ? J'avais des héros, même sous Robespierre ;
Si Danton triomphait, du moins à la frontière
      On reprenait Valmy !
Mon sang coulait à flots sous la hache civile,
Je râlais sous Saint-Just et sous Fouquier-Tinville
Mais à Mons, à Fleurus, à Bois-le-Duc, à Lille,
      On chassait l'ennemi.

Et je reste aujourd'hui défaite, humiliée ;
Ma tête, sous un joug misérable, pliée,
      Ne se relève plus.
Je pleure et mes enfants veulent la paix, je crie
Et pour couvrir ma voix un bruit d'argenterie
Suffit ; et si jamais ils parlent de patrie,
      C'est quand ils sont repus !

Jouir, voilà leur rêve ! Être riches, leurs joies !
Ils se vendent entr'eux tant de choses qu'ils croient,
      Qu'on achète l'honneur.
S'ils m'entendent gémir, ils font tinter leurs poches :
« Nous avons, disent-ils, de l'or dans nos sacoches,
Et l'or fait des canons plus vite que les cloches. »
      Mais donne-t-il du cœur ?

Ils ont écus sonnants bâti des forteresses ;
Ils ne sentent donc pas que ces plâtras m'oppressent,
      Que je hais ces talus,
Que j'étouffe sous leurs remparts et leurs courtines ;
Qu'il ne me faut à moi pour murs que des poitrines ;
Qu'à Lodi les vainqueurs aussi bien qu'à Bouvines
      Se battaient les pieds nus.

Non ! s'ils me chérissaient, s'ils pensaient à ma gloire,
Ils sauraient mieux comment on conquiert la victoire ;
      Elle ne se vend pas.
Mais s'ils aiment quelqu'un, c'est eux ; et ce qu'ils aiment
Se paie. Ils se sont fait de petits diadèmes
Qu'ils vont par les marchés se débitant eux-mêmes,
      Commerçants-potentats.

Et les uns sont préfets et les autres ministres,
Et jouent aux jacobins et paraîtraient sinistres,
      S'ils n'étaient trop petits.
Mais qu'importe comment un gavé se fabrique,
Qu'importe qui régénte un instant cette clique,
Qui faute d'un nom propre, appelle république
      Son fumier d'appétits.

Qu'importe, puisqu'hélas! la vieillesse me mine
Jusqu'à ne plus pouvoir secouer la vermine
      Qui me ronge la peau.
Puisque pas un soldat ne me naît qui confonde
De son cri généreux, cette cohue immonde,
Puisque je vais mourir, puisque n'est plus féconde
      L'ombre de mon drapeau.

O mes fils! O guerriers qui m'avez tant aimée,
Vous qui d'un seul éclair de votre large épée
      Les eussiez foudroyés ;
Roland, Bayard, Turenne! Écoutez! Je succombe!
C'est moi, moi votre mère, on m'insulte et je tombe.
Oh! si vous m'entendez du fond de votre tombe,
      Levez-vous et voyez !

Voyez ce qu'ils ont fait de moi! Mes capitaines,
Mes vainqueurs, mes héros, grandes âmes hautaines
    Qui saviez obéir,
Vous qui pour récompense à vos actes sublimes,
Vous contentiez d'un mot de vos rois légitimes,
Criez-leur donc silence! à ces gueux qui, minimes,
    Ne savent que haïr.

Criez-leur donc comment on gagne les batailles,
O géants, qui marchiez sans craindre les entailles,
    Et sans compter les pas.
Criez-leur que la graisse est lourde et l'argent lâche,
Que si l'on pense à soi quand il tonne, on se cache,
Que pour être vaillant il faut être sans tache :
    Ils ne comprendront pas!

Ils ne comprendront pas! ô détresse! ô misère!
N'enfanterai-je plus un preux au cœur sincère
    Qui sache s'oublier
Et ne demande rien et prenne la campagne
Et, sans s'inquiéter si la mort l'accompagne,
Songe par les chemins, allant à l'Allemagne,
    Qu'il est mon chevalier!

Ainsi pleurait la France et sa plainte était vaine.
Des Flandres au Béarn, de la Provence au Maine,
Une rumeur montait où se noyait sa voix :
Comme, par une nuit d'hiver, quand le suroit
Souffle du large et que la vague se lamente,
Les appels des vaisseaux sombrent dans la tourmente.
La foule d'où venait ce tumulte roulait
Avec des soubresauts monstrueux et râlait.
C'était un tas confus de torses en furie
Entrelacés, bandés comme pour la tuerie.
Il flottait un brouillard sur ces convulsions
Et cette brume était pleine de visions :
Écharpes, croix, houris, panaches ; des mains vides
S'élevaient, se crispaient, innombrables, avides,
Cherchant pour les saisir ces fantômes de l'air ;
On entendait craquer les os, crever la chair.
Et, s'écrasant entr'eux comme sous une roue,
Ces corps au lieu de sang suintaient de la boue.
L'Europe contemplant ce spectacle, riait.
De l'Adige au Niémen, quand un peuple criait,
On lui montrait cela, comme on montre un homme ivre,
Et le peuple essayait de se taire et de vivre.

C'était l'an mil huit cent quatre-vingt-dix, après
Deux cent vingt mois de République et trois congrès,

Un jour de février, cent ans après Jemmapes,
Un'an après la tour Eiffel et ses agapes.

Or, ce jour, le Dauphin prenait vingt et un ans.
Son Père errait au loin, seul sur les océans ;
Son aïeul venait de s'éteindre, la tristesse
Pesait comme un manteau de plomb sur sa jeunesse.
Exilé, lui, le fils des Rois, il regardait
Par delà la frontière un drapeau qui flottait.
Les Trois Couleurs, le bleu, le blanc et l'oriflamme
Battaient, se déployaient dans l'air ainsi qu'une âme
Se plie et se déplie au vent du souvenir,
Et le prince voyait passer, aller, venir
Autour de l'étendard, au souffle de la brise,
Comme un remous de rêve, une foule indécise.
C'étaient des paladins, des femmes, des enfants,
De hautains bannerets, de simples paysans,
Des barons aux hauberts éblouissants, des reîtres
Vêtus de buffle avec des poignards dans les guêtres,
Des guerriers en pourpoint, des guerriers cuirassés ;
Et, quand Guesclin, Condé, Villars furent passés,
Un petit caporal en redingote grise
Apparut. Il montrait du doigt, comme Moïse
Chanaan, un pays tout couvert de clochers,
De dômes et de tours, et du haut des rochers

Il s'écriait : « Soldats ! regardez l'Italie !
Elle est riche, vous êtes pauvres : c'est folie.
Vous avez froid, il y fait chaud ; vous avez faim,
Il y pousse du blé. Pour en faire du pain
Il suffit de chasser ceux qui tiennent les meules.
La voulez-vous ? Prenez ! » — Et les canons, aux gueules
Énormes, répondaient en tonnerre à sa voix :
« Alors, elle est à nous, étant un contre trois ! »
Et le Dauphin, tandis que pleuvait la mitraille,
Murmurait : « C'est ainsi que j'entends la bataille. »
Car, étant exilé, le Prince comprenait
Quelle force la faim à ces hommes donnait.
Il faut avoir souffert pour comprendre ces choses,
Et l'exil vaut la faim. — Puis des apothéoses
Passèrent sous ses yeux : ce fut Millesimo,
Mondovi, Rivoli, Mantoue et Marengo,
Austerlitz, Iéna, Friedland, Ratisbonne,
Wagram — mais dans la gloire où brillait la couronne
Du soldat-empereur, le Prince ne voyait
Que les conscrits partis pieds nus. Il coudoyait
De l'âme ces héros, obscurs donneurs d'empires,
Et c'était eux qu'il jalousait.

                 Ils s'éteignirent
Comme au soleil couchant s'effacent les rayons.
Et, selon que fondaient dans l'air leurs bataillons,
Aux replis du drapeau décroissait la lumière

Très lentement la nuit absorba la bannière.

Tout à coup à nouveau l'ombre se déchira,
Une langue de feu jaillit, elle zébra
Un pan du gouffre noir comme d'une taillade :
Le ciel obscur se tacheta de fusillade,
Puis se stria des rais livides des canons ;
Et le Prince entendait que les quatre horizons,
Sillonnés de lueurs et remplis de murmures,
Dégorgeaient à la fois quatre torrents d'armures.
Autour de l'étendard les flots se sont heurtés,
Les ténèbres au loin s'empourprent de clartés ;
Des maisons, des hameaux, des villes s'incendient ;
L'embrasement s'étend ; les flammes agrandies
Illuminent la plaine et leurs reflets sanglants
Rougeoient aux clairs aciers des sabres aveuglants ;
Partout le feu ; partout des gerbes d'étincelles ;
Ici, sur des cimiers des flammèches ruissellent,
Là, des cuirasses font pétiller des estocs ;
Et l'on se mêle, et l'on se heurte, et sur les chocs
Des escadrons bruyants aux ressacs de mitraille,
Sur les carrés fumeux, où la Mort fauche et taille,
Sur les murs éventrés qui brûlent et, croulants,
Se tordent comme des suppliciés vivants,
Sur la fournaise ardente où fondent quatre armées,
Sur l'immense roulis des vagues enflammées

Où Saxon et Français, zouave et Bavarois
S'étreignent corps à corps et plongent à la fois,
Sur l'homme qui rugit, sur le feu qui crépite,
Le drapeau, déchiré par les balles, palpite.
Tantôt à replis lourds il ballotte affaissé,
Tantôt il se débat comme un oiseau blessé
Et s'écharpe et se crible et halète de l'aile.
Près de lui, la Colère aux crins roux s'échevèle.
Le souffle des clairons vente plus furieux,
Les sabres envolés rapides, mordent mieux.
Et la mêlée, énorme meule qui les broie
Sur les moignons d'armée à plus grand bruit tournoie.
Longtemps c'est un chaos, longtemps heaumes, képis,
Casques, shakos, kolbachs, ainsi que des épis
Moissonnés par la faux ou hachés par la grêle,
Dans l'immense tempête emportés pêle-mêle,
Roulent enchevêtrés, tourbillonnent épars.
Hélas ! les Allemands sont trop. De toutes parts
Leur masse gonfle avec des houles de tortue :
Il en vient à mesure et plus que l'on n'en tue ;
C'est comme une marée au flux large, aux flots sourds,
Et l'inondation monte, monte toujours.
Quelques hauteurs encore pointent, assiégées :
L'une après l'autre elles s'écroulent, submergées,
Et l'on voit, au-dessus des remous, les uhlans
Spiraler au butin comme des goélands.

Un mamelon, un seul, lutte, bombarde, fume
Comme un roc que la mer éclabousse d'écume;
L'heure est suprême. Autour de l'étendard sacré
Un reste de Français a formé le carré,
Et toujours moins nombreux et toujours plus farouches,
Déchargeant dans le tas leurs dernières cartouches,
N'étant point de ceux-là qui demandent quartier,
Disputant le terrain pas à pas, pied à pied,
Indifférents aux coups, aux assauts, aux bravades,
Ils pensent seulement que bien des camarades
Tombent et que le mur qui défend le drapeau
S'ébrèche et ça leur met des frissons sous la peau.
O Dieu! les Trois Couleurs vont-elles être prises?
Ces Prussiens, Saxons, Bavarois qui se brisent
Contre le triple rang des poitrines vont-ils
Démolir le rempart à salves de fusils?
Vont-ils, tirant de loin dans la muraille vive,
L'avoir détruite avant que du renfort n'arrive?
Et les soldats souvent regardent l'horizon.
Ils ont laissé là-bas des fils à la maison,
Des enfants qu'ils croyaient trop jeunes pour la guerre.
Quand ils s'en sont allés en embrassant la mère,
Ils ont dit : « Garde-les, femme : nous suffirons;
Puis, on peut y rester : ils te consoleront. »
Pourtant, aux sifflements des balles allemandes
Ce sont eux, ces aimés, que les soldats attendent.

Eux, oui, car le drapeau de France est en danger,
Déjà la main sacrilège de l'étranger
S'étend pour le saisir... Arrière ! Arrière ! Immense
Un cri s'élève et la bataille recommence.
Les enfants sont venus : ils accourent, joyeux,
Hardis, pressés, sauveurs, vers les haillons soyeux,
Creusant à travers feux, avec leurs têtes blondes,
Une trouée, ouvrant les colonnes profondes,
Comme le nageur coupe un chemin dans les flots,
Et l'ennemi recule et ce sont les Moblots.

Vaincront-ils ? Vaincront-ils ! La vision s'efface,
Mais le drapeau demeure, il est là, dans l'espace,
Splendide, frangé d'or, le soleil dans ses plis.
Et le Dauphin, songeant aux exploits accomplis
Par tous ces innommés qui saignent les victoires
Et qu'on appelle en bloc « héros » dans les histoires,
Rêve que ces enfants, ayant mêmes vertus,
Même abnégation, n'ont pas été battus.
On a pu les tuer, non les vaincre. S'ils meurent,
Honte à qui les oublie, honte à ceux qui les pleurent !
Ils sont les glorieux, ces tués inconnus !
Lorsque, plus tard, leurs compagnons sont revenus,
Si, le soir, au foyer où la famille veille,
On se tait pour prier et l'on prête l'oreille

Au bruit de l'étendard éployé dans le vent,
Le cœur vous bat plus fort ; ce sont eux qu'on entend,
Car il les contient tous dans son tissu de flamme
Et chacun de ses fils chante, étant fait d'une âme.
Oh ! les voix du drapeau ! ces voix que l'enfant suit,
Dont l'expatrié pleure et l'œil des vieux reluit,
Philippe d'Orléans, duc héritier de France,
Premier noble d'Europe, ayant pour ascendance
Vingt générations de princes souverains,
Les écoutait, pensif, la tête dans ses mains,
Et, le cœur remué d'un étrange génie,
Le savoir lui venait que, dans cette harmonie
Aux entraînants accords, il ne distinguait pas
Le cri des généraux de celui des soldats.

Or, comme cette idée en achevant de naître,
Comme l'aube le ciel, envahissait son être,
Il comprit tout à coup ce que disaient les voix.
Revanche ! Il entendit ce même mot, deux fois,
Et, regardant, il vit l'étoffe déchirée,
Mal recousue, un crêpe à la hampe dorée ;
Et le drapeau français de deuil auréolé ;

Alors il se souvint qu'il était exilé :
Une douleur sans nom déchira sa poitrine ;
Ce fut cette souffrance indicible et divine

Qui fait les hommes grands et les poètes saints ;
Ce fut cette agonie où les nobles desseins,
Semblables aux éclairs meurtriers, frappent l'âme,
Y tracent d'un seul coup le signe de la flamme
Et la laissent sacrée indélébilement.
« S'ils m'ont banni, ce ne fut pas du régiment !
« S'écria-t-il. Je veux ma part de la revanche
« Et je l'aurai. La loi m'exile, qu'elle tranche
« Alors tous ces liens qui me tiennent au cœur !
« Ne suis-je plus Français ! Qu'ils m'apprennent la peur,
« S'ils veulent qu'on me croie indigne d'une épée !
« La couronne ! Henri l'avait-il usurpée ?
« Mon père est-il bâtard ? Hé ! que m'importe, à moi,
« Si quelques tyranneaux tremblent devant le Roi ?
« J'ai mes vingt et un ans, ma place est à l'armée ;
« J'irai, nous verrons bien s'ils la tiendront fermée.
« Et si, me défendant de servir mon pays,
« Ils ont rêvé jamais qu'ils seraient obéis.
« Mais non ! quelle pensée ! Eux aussi les entendent
« Les voix de l'étendard et, sans doute, n'attendent
« Que l'appel du clairon pour courir au combat.
« Patriotes, ils rebuteraient un soldat !
« Allons donc ! Allons donc ! c'est une calomnie.
« Ils me refuseraient un fusil ! Je le nie !
« France, ô ma chère France, on m'avait exilé ;
« Longtemps sans te revoir, mère, je suis allé

« De pays en pays, de tristesse en tristesse ;

« Mais ta frontière est là, je viens, mon tourment cesse.

« Vois, quand ils m'ont banni, je n'étais qu'un enfant,

« Je suis homme, mon bras est fort, mon front plus grand ;

« Je te sais mieux aimer : on m'a lu tes annales,

« On m'a dit tes douleurs et combien les scandales

« De quelques mauvais fils, hélas ! t'ont fait souffrir,

« Mais ils n'existent plus et tes bras vont s'ouvrir ! »

Ainsi parlait Philippe et, comme le poète

Marche, le front serein, oubliant la tempête

Qui peut-être mugit et se tord à ses pieds,

Il alla devant lui, sans penser aux geôliers,

Sans entendre le bruit des verroux, sans se dire

Qu'on prétendrait ne pas croire qu'il pût suffire

De l'amour du pays pour braver la prison.

Il alla devant lui, fort de sa déraison,

Grandi, transfiguré par son rêve sublime,

Écoutant dans son cœur, comme sur une cime,

Les voix de l'étendard, les voix du dévouement.

O foudre, feu céleste, un invisible aimant

T'attire sur les monts, tu dédaignes les plaines,

Tu ne sais consacrer que les têtes hautaines ;

Pour que ton éclair brille, il lui faut les sommets,

Et, s'ils le font jaillir, c'est qu'ils sont assez près,

C'est qu'ils sont assez près de toi pour que tu sentes
Tendre à s'unir aux tiens leurs feux, forces latentes,
Qui dorment dans le sol et brûlent dans les cœurs,
Mais ne joignent la terre au ciel que par lueurs.
O France, ton drapeau contient toujours la flamme,
Entre ton étendard, ô patrie, et cette âme,
Le fulgurant éclair a traversé les cieux.
Il est digne de toi, digne de ses aïeux.
Tu pleurais et ta voix se perdait dans la nue,
Ta plainte, le proscrit l'a de loin reconnue ;
Il n'a rien demandé, celui qu'on exila ;
Tu réclamais tes fils, il a dit : me voilà !

Et c'est pourquoi plus d'un Français salue et prie
En passant à côté de la Conciergerie,
Et c'est pourquoi la France a les yeux sur Clairvaux,
Comme, las de la nuit, un veilleur, à l'aurore,
Regarde à l'orient le ciel qui se colore
Et, confiant en Dieu, rêve de jours nouveaux.

Henri de Lacretelle.

Paris. — Typographie Gaston Née, rue Cassette, 1. — 2651.